早春譜

卯月桜梅

文芸社

早春譜

1

仄暗い天井の木目の縞模様を見つめながら、綾子は寝つけずにいた。窓の下で初詣に行き交う人々のざわめきが聞こえてくる。時折、子供が誰かを呼んだりする声や、はしゃいでいる声がする。この通りの先にある清水山へ向かっているのだ。

数時間前までは綾子も通りの人たちと同様に出掛けていた。去年の十二月に見合いをした杉下という男性と福岡方面の太宰府天満宮や宗像大社などへ三社参りに行っていたのだ。

杉下は、今まで見合いをした男性の中では少し心惹かれるものがあったが、果たしてこのまま結婚という自分の人生の大きな通過点を共にできる人なのだろうか、そう自分に問うと、なかなか答えを見つけられずにいた。

もし結婚という人生の通過点というのを考えなくてよいのであれば、おそらくこのまま交際を続けてもよいと思った。全てにおいて、何ら不満のある男性ではなかった。年齢においても杉下のほうが三つ年上であったし、有名な大学を卒業後、都市銀行の福岡支店勤務のエリートである。外見もどちらかというと綾子の理想に近い男性であり、価値観が同じで紳士的であった。もし綾子と一緒になれば、平穏な家庭を築き、彼女を一生幸せにしてくれるだろう男性であった。

綾子はおもむろに布団の中から左手を出し、自分の額からその生えている前髪をゆっくりと毛先のほうへと撫でた。そして、その手のひらを見つめてから裏返し、甲を眺めながら腕を天井に向かってまっすぐに伸ばし、薬指を動かした。

フウッと深いため息をついた。窓の外から、下の細い通りを往来する人々のざわめきがまだ聞こえる。綾子は起き上がり窓に歩み寄った。

カーテンを開けると、清水山へと向かう小規模な人の群れが続いていた。いつも身近に感じている小さい山である。参道のお正月の飾りを終え、一年の汚れを落とし掃き清められ年が明けて、人々が正装をして詣でる山は、この時期だけは山から発せられる威厳のある空気に包まれて、綾子は全身に自然の畏敬の念や崇高な気持ちを抱くのである。薄暗い中、時計の蛍光塗料のついた針が深夜の二時を指していた。

「結婚を前提に私とお付き合いしてくれませんか」杉下の意を決した真剣なプロポーズの言葉が蘇ってくる。見合いをして三回目のデート。初詣の帰り、自宅まで車で送ってもらった別れ際のプロポーズ。綾子は「考えさせてほしい」と答え、杉下の車を見送った。

たった三回目のデートで、私のどこを見て結婚を決めたというのだろう。三回のデートで会った時間を足しても二十四時間にも満たないのだ。男性にとって、女性のどの部分を見て一生を決める重大な決意をするのだろう。結婚とはそんなに簡単に決められるものだろうか。そう思うと、綾子は杉下が少しいい加減に思えてくるのだった。そして結婚願望のある男性にとって、女性ならばよほど生理的に嫌悪する女性でない限り、女性なら誰でもいいのではないか、去年の春初めてお見合いをして以来、出会った男性は皆そうであったように思えてならなかった。

去年の春――その時のことが、フッと綾子の頭をよぎった。見合いの相手の顔から、全然違う相手に顔が摩り替わってしまった。

もう過去のこと、終わったこと。

振り払うようにそう思うと、杉下にその顔を置き換えて綾子は気持ちを静かに落ち着かせた。そう、男性は女性ならば誰でもいいのかしら、とその考えに収まると、杉下に対する想いが全然ないわけではなかったが、プロポーズされた以上、はっきり答えを出す以外ない。明日断ろうと決めるほかなかった。

ただ、母のことを思うと、綾子は申し訳ない気持ちになる。態度にこそはっきりとは出したりしないが、末娘である綾子の幸福を一番に願っている母のことを思うと、今回もその意に添えず、何かまた悪いことをするような気になってしまうのだ。

「申し訳ございませんでした。本当に向こうさまにもご縁がなかったとお伝えくださいませ。それでは失礼致します」

頭を深く下げそう言い終えると、済まなさそうに静かに受話器を置いたのは綾子の母、清子である。電話のある台所から、清子が居間にいる綾子の所へやってきた。

「ごめんなさい」

綾子は炬燵に座ってうつむきながら言った。清子の顔が見られなかった。

「いいのよ。こういうのはご縁だから、今回も縁がなかったのよ」

そう言いながら口元に笑みを浮かべ、気にするなという顔をした。綾子は頷くとも下を向くともどちらとも分からない返事をした。居間の南側の窓から昼の陽射しが入り込み、清子の老けた柔らかな顔を明るく照らしている。目元の皺にも陽が落ちている。

「さあ、もう久留米に行かなきゃね。伯母さんたちが待っているわ」

清子は炬燵の木目調のテーブルに両手をついて立ち上がると、綾子に駅まで送ってくれるように言った。久留米は綾子の亡き父の実家であり、毎年、盆と正月には父の姉妹や親戚が集まるのだ。清子は一緒に来ないかと誘ったが、伯母たちが集まると綾子の結婚の話題に集中するので行きたくないと答えた。綾子は駅まで清子を車で送った。

その帰り、綾子は正月で里帰りしている友人に会い、一緒に食事をしてお互いの近況を語り合った。

居間の時計は夜の十一時を過ぎようとしていた。綾子は清子の帰りが遅いとは思ったが、多分伯母たちと話が盛り上がり、今日は泊まってくるのだろうと思った。

しかし、それにしても、泊まるなら電話の一本もよこすはずの母なのにと思っていたその時、家の前の道路から敷地に入ってくる聞き慣れない車のエンジン音が響き、玄関の前で止まった。車のドアが開く音がして、続いてバタン、バタンと閉まる音がした。玄関のほうへ、誰かが楽しそうに話をしながら近づいてくる。綾子はその一人が母の清子であるとすぐに分かったので、夜の十一時過ぎの訪問者であっても安心した。しかし、誰と一緒に帰ってきたのか見当もつかなかった。

久留米の伯母の家からここ瀬高まで車では一時間あまりかかる。車でわざわざ送ってくれるなんて、以前の若い伯父さん達ならともかく、従姉妹にしたって小さい子供がいるのだから無理なはずだ。神経を外に向けると、その声の主が男性であるのが近づくにつれて分かった。綾子も急いで玄関へと向かった。清子は玄関の戸をガラガラと開けると、

「綾子、ちょっと来てごらん。達也ちゃんよ」

嬉しそうにそう言うと、わけが分からず突っ立っている綾子の腕を掴んで、玄関の外で立っている長身の男性に声を掛け、早く早くと左手を素早く動かし中へ入るように勧めた。達也と言われても誰なのか、綾子にはとんと見当もつかなかった。

「こんばんは」

そう言いながら、その長身を少し屈めるようにしてその男性は玄関の中の明るい蛍光燈の下に立ち、綾子の前に現れた。まっすぐに綾子の顔を見て、少し照れたようなその男性の顔は、少しの空白はあったが、綾子の遥か昔の記憶を一瞬にして呼び起こした。

少年の時以来会ってはいないが、それは従兄弟の達也であった。少年の頃の顔しか知らない綾子にとって、この目の前にいるスラリと背の伸びた清々しい顔立ちの、グレーのセーターに細長いジーパンをはき、ホーキンスの靴を履いている青年が、昔、

「綾ちゃん、綾ちゃん」と言って自分に懐いていた、小さな可愛い達也ちゃんとは信じがたい気がした。しかし、よく見ると確かに記憶にある少年の面影を残した達也である。

「まあ、本当に達也ちゃんなのね！　大きくなったわね。懐かしいわ」

綾子は歓喜の声をあげた。

「綾ちゃんは全然変わらないね」

と達也は冗談っぽくはにかみながら笑った。

「突っ立てないで、ビールか何かあったでしょ。そうそう、ごちそうも、おつまみも」

清子は、綾子と達也の背中を軽く叩いて、忙しそうに台所へ小走りでかけて行った。

達也は綾子に案内されて居間の炬燵に座ると、懐かしそうに部屋のあちこちを見回した。

「全然変わっていないね。あの壁の時計、なぜかよく憶えているよ」

「達也ちゃん、随分と背が伸びたのね。私一瞬、誰か分からなかったわ」

綾子は、突然の思いがけない訪問者に嬉しさで一杯だった。

「本当よ。最初久留米で会った時、誰か分からなかったのよ。そしたら、義姉さんが、〝清子さん、達也だよ、忘れたの〟って言うものだから、びっくりしてよく見たら、あのチビの達也ちゃんじゃない。昔は笑顔の可愛い子だったのが、えらく男前になっちゃって。十数年振りでしょう、私、もうびっくりするやら、嬉しいやらでね」

清子の話はまだまだ続いた。達也の前には、お酒やおつまみ、正月のおせち料理などが並べられた。

達也は小学六年生まで九州の宮崎に住んでいたが、彼の父が実家の漬物工場を継ぐことになり、長野へ帰ったのだが、工場が忙しいこともあり、以来この九州へ達也の家族が帰ることはなくなった。そして今では、達也の兄直哉が去年サラリーマンを辞めて、工場の後継者になっているという。

達也の母は綾子の亡き父の末の妹である。達也は二年前に関東の国立大学を卒業後、九州のK省で働いていた。それで今年の正月は長野へは帰らず、久留米の母方の親戚のお正月に十数年振りに顔を出し、大歓迎を受けたのである。

「そう、それじゃ、今は博多に住んでいるの」

「うん。福岡はいいよ。俺が子供の頃は九州の大都会だったからね」

「そうそう、ほら、まだ達也ちゃんが小さい頃、小学校入ったばかりの頃かしらね。私がお兄ちゃんの直哉ちゃんと綾子と小学生のチビ軍団を連れて、天神のデパートへ遊びに行った時、達也ちゃんだけはぐれて館内放送で迷子の呼び出しをしてもらって、見つかった時はあんた、ピーピー泣きながらこんなに洟垂らしながら泣いているのよ。もう、おかしいったらなかったわよ」

「あー、それ言われると俺、弱いな。早く忘れてよ」

そう言いながら達也は伯母さんには参ったなという顔をし、清子のほうを見て、苦笑いをした。

清子は達也の上腕を軽く叩いて片手で口元を隠すように本当に楽しそうに笑っていた。思い出話は続いた。清子は達也との会話の中でよく笑っている。達也だけでなく他の人との会話でもよく笑う。綾子はそんな清子を見ているのが好きだった。母の人柄が伝わってくる。

清子くらいの年齢になると、人間は見た目の美しさよりも、心の美しさ、豊かさで風貌が決まる。清子はまさしくそれで、心の豊かさ人間味溢れるその中身で美しさを超える穏やかな顔になっているのだ。人と接するのが好きで、話すことが本当に好きで、道ですれ違う近所の人ともよく話し込んでしまい、気がついたら一時間くらい立ち話をしていることもよくあることだった。綾子は、最近母みたいな女性になりたいとよく思うようになっていた。

「達也ちゃんもういいの？　まだあるわよ。お酒」

「いや、もうだいぶ良い気持ちになってきたから、もうこれ以上は……。ありがとうございます」

少し呂律の回らない口で、酒を勧める二人に両の掌を上げてふらっと揺れて頭を深々と下げて断った。そして、達也は客間に布団を敷いてもらい休んだ。綾子と清子も後片付けをして、その日は終わった。

翌日、清子は今度は自分の実家の正月に行くために、早朝に長崎へと電車で向かった。綾子が駅から帰って来ると、達也はもう起きており、客間の布団をきちんと畳み、洗面所でバシャバシャと顔を洗っていた。

綾子が台所でコーヒーを入れていると、達也が両頬をパンパンと叩きながら入ってきた。

「おはよう。すぐ、朝ご飯用意するから待っていて」

達也は少し申し訳なさそうな顔をして、

「ごめん。せっかくだけど、酒を飲んだ翌朝は胃が受け付けないんだ。……昼ぐらいになれば、お腹減ると思うけど」

「そうか、そうね、昨日一杯飲ませてしまったのもね。今、コーヒー入れたの。これなら飲めるでしょ。コーヒーって、お酒を飲んだ翌日に飲むといいらしいわ」

そう言うと綾子は、頷く達也に客用のカップに注いだコーヒーを差出した。達也は一口飲むと、「おいしい」と綾子に言った。綾子は黙って微笑んだ。

またお互いに色々と話し込んでいた。話題は尽きなかった。綾子も市役所勤務ということもあり、国と地方の違いはあれ、同じ公務員ということで職場の話など、時間を忘れて話をした。綾子は婚姻届けなどを受理する市民課にいることや、達也は九州の本庁にあたるので色々忙しい所で休日もよく出勤しなければならないことなど、時間の経つのも忘れて話をした。

しばらくして話がふと途切れた時、達也が何か言いたそうな顔をして綾子の顔を見て言った。

「綾ちゃん、あの、変なこと聞いていいかな……お見合い……」

達也は言いにくそうにしていたが、思い切って続きを口にした。

「お見合い、断ったの？」

綾子の返事を待った。少し間を置いて、

「うん。断ったわ。なかなかいい人に巡り合えなくて」

伏し目がちに綾子は答えた。

達也は自分のした質問によって少し白けた空気を払拭するために、

「ねえ、昔よくやったオセロゲームとかトランプとかしない。まだあるかな」

「そうねえ、あるにはあるけど、いやだ、私たちもう大人よ。今更ゲームだなんて」

綾子は笑った。

「大人だって構うものか。やろうよ、綾ちゃん」

達也に誘われ、これと言って何か他にすることもなく、テレビの正月番組を二人して見て過ごすよりは、まだゲームのほうが確かにましかもしれない、と綾子は二階の自分の部屋の押し入れの奥から段ボールの箱を取り出した。そしてその中から、ビニール袋に入れられて埃を被るのを免れたオセロゲームとトランプを出して一階へと下りた。

茶の間の炬燵の上にオセロゲームを置き、二人して向き合って座ると、

「俺、男だから黒。綾ちゃん、女だから白」

「達也ちゃんたら、男だから黒とか女だから白とか本当に子供みたい。そうそう、思い出したわ。昔もいつもそう言ってたわよ。そして、二回目は私が黒で達也ちゃんが白になるのよね」

「早く白並べてよ」

達也はやる気満々である。緑色の盤の中央に斜めに黒を二つ置き、綾子の白の石が

並べられるだけにしていた。綾子はそんな達也がおかしくもあり可愛らしくもあった。

綾子が白を置き、先攻はジャンケンで決めようと達也が言った。

「ジャンケンポンぽいっ」

そう言うと互いにグーが出た。

「あいこでぽいっ」

互いに今度はチョキだった。もう一度すると互いにパーだ。達也も綾子もおかしくって大声で笑った。

「いやね、今度こそ真剣に勝負よ」

笑いが止まらないまま、達也がパーを出し、綾子がグーで達也が先攻になった。

「なんだか勝てそうな気がするよ、俺」

「なんで？　勝負は終わってみないと分からないのよ」

ゲームが始まってしばらくして、

「ほら、もう角が一つ取れたよ」

達也はオセロ盤の一角を指して、得意そうに綾子に笑いかけた。

「あ、そうか。角を取らせないようにしなきゃいけなかったのよね。失敗しちゃった」

綾子は少し唇をかんで残念がった。童心に返っていた。

しばらくすると、緑色のオセロ盤は見る見るうちに黒がほとんどになってしまった。

「名誉挽回だ。俺の勝ちだね、嬉しいな。昔はいつも綾ちゃんが俺に勝たせてくれてたろう。前半は綾ちゃんリードで、後半はわざと負けてくれていたもんな。それはそれで子供の頃は良かったけど、大人になってからもそうだったら悲しいよね」

「真っ黒だもの。負けてあげようなんて余裕はなかったわ。白は少ししかないわ。成長したわ、達也ちゃん完敗だわ」

そう言うと、綾子は微笑みながらため息をついた。

達也は、今度はトランプゲームをやろうと言い出した。彼の好きだった神経衰弱をやるという。綾子もオセロゲームの負けを挽回するべく、やる気を出して真剣に挑んだが、結局達也のほうがトランプカードを綾子の倍近く持ち、またしても綾子の負けだった。

「達也ちゃん、本当に何をやっても強いわ」

「俺、さっき必死だったよ。何のカードがどこにあるってちゃんと覚えておかないと、子供の時みたいに、綾ちゃんにこのあたりかなぁとか言って教えてもらうのも格好がつかないし」

「私も頑張ったんだけど、達也ちゃんの足元にも及ばなかったわ」

「ゲームですごい盛り上がったらお腹がすいたね」

「うん。もう、お昼過ぎていたわね。私も朝は軽くしか食べていないから、お腹すいちゃった」

「ねえ、俺が作っていいかな。大学時代に中華料理屋でアルバイトしていたから、チャーハン得意なんだ。正月料理も飽きたでしょう」

「本当に。……いいのかしら、お客様の達也ちゃんにそんなことさせて。私、手伝うわ」

「いいよ、座っていて。簡単だもの。材料切って炒めるだけだから」

達也はそう言うと、台所で手際よくチャーハンを作り始めた。手伝おうとする綾子に座ってと促し、十分足らずで仕上げてしまった。台所のテーブルで二人してチャーハンを食べた。綾子はその旨さに感動した。お店で食べるチャーハンそのものだった。

「達也ちゃん、おいしい！　これ。すごい料理が得意なのね」

「でも、俺が作れる料理ってこれだけなんだ。それと中華スープかな。これ作れるおかげで中の具を変えれば飽きもこないし、一人暮らしもそんなに苦じゃないよ」

綾子は達也の生活を垣間見たような気がした。生活力のある子だと関心した。

食事が終わると、達也は二人分の皿やレンゲなど食器を洗い始めた。綾子がそれくらいは自分がやると言ったけれど、強引に茶の間の炬燵に座らされ、達也はあっという間に片付けてしまった。そして、これは清子伯母さんの分だとラップを掛けたチャーハンをテーブルの中央に置いた。

「ありがとう、達也ちゃん。お母さんきっと喜ぶわ」

「そうだといいな。でも伯母さんの料理は本格的だからね、口にあうかな」

両手を腰に当て少し首を傾けながら達也が言った。

「大丈夫。私が太鼓判を捺すわ」

綾子は右手の拳で左の掌をポンと叩いた。

達也はそれを見ると笑った。

「お母さん、達也ちゃんがつくったものなら何でもおいしいって言うわ」

「そんな感じだね。伯母さんは」

二人で微笑んだ。

「伯母さんには子供の頃もよく可愛がってもらったよ。だから兄貴と二人、ここに夏休みに遊びにくるのが楽しみだったよ。本当にいい人だね。俺の母さんもいい義姉《ねえ》さんだって、いつも誉めてたからね」

綾子は微笑みながら頷き、視線の先にある大きな窓から外の景色を見た。隣の家にある大きな桜の木の大きな枝が、正月特有のどんよりとした空に枝を広げている。達也も綾子の視線の先を見た。

「私いつもお母さんに心配かけてばかり……。でもね、こんな私でもお母さんみたいな女性《ひと》になりたいって思うの」

達也は綾子の横顔を見つめた。

「他の女性は、母親みたいになりたくないっていう人が多いけど」

「他の人のことは分からないけど、人間として本当に大事なものを全て培ってきたお母さんのこと、尊敬しているわ。穏やかだけど、でも人間としての芯の部分は強い人なんだろうなって。年を重ねていって、自分の母親の大きさが分かるようになっていくものなのね」

綾子は窓の外を見ていたが、視線はもっと違うものを見ているような気がした。達也は彼女の話を黙って聞いていた。

「でも、私は無理かもしれないわ」

綾子は呟くように言った。

「どうして?」

達也は静かに聞いた。

「私はお母さんみたいないい人生を送ってるのかしら」

達也の問いに答えるというより、綾子自身に問うていた。

「いい人生かどうかは死ぬ時まで分からないっていうよ。綾ちゃんはその時にきっといい人生だって思えるよ」

達也の顔を見上げた。達也のまっすぐな澄んだ瞳がそこにはあった。その瞳を見ていると、綾子は達也の言葉を素直に受け止められる気がした。

「ありがとう。そう願っているわ」

綾子は小さく頷いた。達也は一応は納得している綾子の顔を見ていた。彼は子供の頃彼女が弟のように可愛がってくれた優しさや気配りなどを思い出し、まだ小さい達也の頭上からいつも差し出してくれていた細い白い手を思った。年を経て、綾子と接すると自分とは同世代であり、彼女が心情を吐露してもらえるほどに見てもらえるようになったのだと感じていた。

「綾ちゃんはきっといい人生を送るはずだよ」

「そうね」

綾子の表情は明るかった。

達也は台所を出ていく綾子の後ろ姿を見ていた。

それからしばらくして、達也は随分と長居をしてしまったと言って、博多にある自分の家へ車で帰っていった。

清子は夕食の時に帰ってきた。綾子が達也のチャーハンを出した。清子も絶品だと誉めた。食事が終わり、清子は綾子が入れたお茶を啜った。長崎の叔母さんたちの近況や綾子の長崎のほうのいとこの話や二月に法事があり、泊まりで長崎に行くことなど、いろいろ話をした。

「なんだか、やっと我が家のお正月って感じね」

「そうね、元旦は私が朝早くから杉下さんと初詣に行っていたし、昨日はお母さん、久留米へ行ったし、達也ちゃんが来てくれたし、今日は長崎だし、やっと、親子水入らずって感じね」

二人して顔をぼんやりと見つめ合った。

「お母さん、嫌だ、間の抜けた顔になってる」

綾子はクスッと笑った。

「私も疲れているのよ」

綾子がカレンダーを見つめながら、

「明日から御用始め。仕事が始まるわ。早いわね、私、もうすぐ二十九歳になるわ。二十代なんてあっという間に終わるのね。年をとると、歳月が経つのが早く感じられるもの」

「何言ってるの。綾子はまだ若いわよ。お母さんみたいに今年還暦を迎えるお婆さんに比べたら」

清子は綾子の白い頬を自分の掌で覆うと、

「ほら、こんなにすべすべして若い証拠よ」

そう言うと、清子は穏やかな満面の笑みでふっくらとしたその手を湯のみへと移した。清子は大抵何を言う時でも柔らかな顔で人を和ませる女性だった。年齢を重ねていく度に、それは誰が見ても安らぎを与えてくれる豊かな表情であった。

「まだあんた、花の二十代じゃないの」

「それも、来年で終わり。いよいよ三十路だわ」

「焦らなくとも、あんたと赤い糸で結ばれてる男性がちゃーんと現れるわよ」

清子は湯飲みを炬燵の上に置くと深く頷いた。それが、綾子に対してなのか、清子自身に対してなのか、清子自身もそれは分からなかった。

「別に焦ってないわ。私がお嫁に行ったら、お母さん寂しいでしょう」

「全然」

平気そうな顔をしてかぶりを振った。

「だって、お姉ちゃんたちも遠い所にお嫁に行っちゃたし」

綾子の一番上の姉洋子は仙台の老舗の料亭に嫁ぎ、店が忙しいこともあり、なかなか帰れずにいた。帰ることがあっても、盆、正月以外の店の忙しくない時期に一度だけ、しかも一日か二日くらいの里帰りしかできずにいた。二番目の姉智子は学生時代からつき合っていた相手と結婚をし、夫の仕事の関係で三年前からヨーロッパへ行っているため、手紙や、年に数回の国際電話があるだけである。帰って来ても、東京のお舅さんと住むことになっているのだ。

三人姉妹のうち、年の離れた綾子だけがまだ独身でいた。綾子が嫁いでしまえば誰もここに残る者はいなくなる。

綾子の父親は、九年前、彼女が大学生の時に亡くなっていた。綾子としては結婚をしたいという気持ちはあるが、今年で還暦を迎える母親一人を残して出て行くというのは、それなりの決心がいることであった。「私のことは心配ないから、いい人が見つかったらさっさと結婚しなさい」というのが清子の綾子の結婚についての結論であった。

新年になって初めての日曜日、綾子と清子は二人で昼食の用意を始めていた。その時、聞いたことのある車のエンジン音が玄関前に入ってくる音がした。そして玄関の引き戸が勢いよく開き、「ごめんください」と達也の元気な声が玄関に響き渡った。

綾子と清子は顔を見合わせて笑った。二人して玄関へ急ぐと、達也が両手一杯に今にも破れそうなほど膨らんでいるスーパーの袋を持って立っていた。

「どうしたの」

清子が聞くと、役所に出入りしている業者の人から毛蟹をもらったが一人では食べきれないから、ここで一緒に食べようと鍋の材料を買って来たというのだ。電話で連絡をせず、急に来たことを達也は詫びたが、誰もそんなことを咎めないし、むしろ大歓迎であった。

炬燵の上でグツグツとおいしそうにいっている鍋を囲み、三人は話に花を咲かせた。

達也は、鍋から毛蟹のほか、白菜、椎茸などを取り、おいしそうに食べている。男性が豪快に食事をする姿は、見ていて気持ちのいいものだった。女性だけの食卓より何倍も活気があり、賑やかであった。綾子も達也の楽しい会話と食べっぷりにつられて食べ過ぎてしまうのだ。達也は健啖家だ。

清子が、達也に毎週週末は家に来て食事をすればいいと提案した。二人より三人で食事をしたほうが楽しいし、そんなにおいしそうに食べてくれると料理の作り甲斐があるというのだ。第一に、甥っ子の達也がせっかく福岡にいるというのに、男の子一人で毎日コンビニの弁当やチャーハンばかりというのは、長野にいる義妹に対して顔向けができないというのだ。

達也は初めは驚いて、そんなつもりではなかったとためらっていたが、綾子もそれを勧めたこともあり、これといって断る理由もなく、しばらく考えてから快諾した。

こうして、毎週週末になると達也は日曜日にそれが駄目な時は土曜日に、瀬高に来ては、いつもはちきれんばかりの買い物袋を両手に下げてくるのだった。そして、男性でなければできない力仕事や高い場所での仕事をして帰っていくのが常となった。だいたいお昼前に来て、夜に帰っていった。

清子は賑やかな食卓が大好きだったので、週末近くになると達也のマンションに電話をして、今週は土曜、日曜のどちらに来るのかと尋ねるのだった。

2

二月になり、梅が少しずつ膨らみかけていた。綾子の家の後ろにある清水山にも、寒々とした冬の装いから春への準備ができつつある匂いが漂ってきそうな、暖かな土曜日だった。達也は少し早めに到着し玄関の戸を開けた。すると、清子がよそ行きの服を着て小さいボストンバッグを持って出迎えた。

「達也ちゃん、今日は長崎へ法事で出掛けなきゃいけなかったのよ。でも、ご飯はちゃんと食べていってね。綾子が、自慢のビーフシチューを昨日から煮込んでるんだから」

「綾子。ほら、駅まで送って頂戴」

「伯母さん、俺送るよ」

「お願いするわ」

達也はいつものスーパーの袋を玄関のたたきの上に置き、清子を駅まで送っていった。

達也が帰ってくると、玄関先にいい匂いが漂っていた。台所に入って行くと、達也が先ほど玄関のたたきに置いた二つの買い物袋がテーブルの上にあった。

「おいしそうな匂いだね」

「そうでしょう。食べたらもっとおいしいって思うから」

綾子はクスクス笑っている。お玉でゆっくり寸胴の鍋をかき混ぜながら、なぜ綾子が笑っているのか達也には分からなかった。

「あの、綾ちゃん、伯母さんが今日長崎に泊まるからここに泊まれって言うんだけど。

嫁入り前の綾ちゃんだから心配だって」

「あら、お母さん最初からそのつもりよ。だって、私のこと、まだ嫁入り前の娘だって」

綾子は達也のほうを見ながら笑っている。達也もつられて笑ってしまった。

「いくつになっても娘なのね。私、来月で二十九歳よ。一人で留守番くらいするのにね。今までだって何回か一人で留守番しているのよ。それが、達也ちゃんが来るから安心だって、朝から言ってるからおかしくって、それで笑っていたのよ」

「伯母さんらしいよ。昔から妙に人の世話やいたりお節介するの好きだったよね。でも、清子伯母さんがすると全然厭味じゃないんだよね。何かありがとうっていう気になるよね。情がある証拠だよ」

「確かに」

綾子は笑いを堪えて少し真顔で頷いた。

二人してビーフシチュー、シーフードサラダ、クロワッサンを昼食に食べた。

「おいしい」

達也はスプーンで一口すくって食べ、思わず出た言葉だった。

「よかった」

綾子も食べ始めた。

「達也ちゃん、六年生の時よね。長野に引っ越していったの。それ以来会ってないから十二年振りよね。まさかこうやって一緒に食事できるようになるとは思ってもいなかったわね」

綾子はしみじみ達也の顔を見つめながら言った。

「俺も綾ちゃんのこんなおいしいビーフシチューが食べられるようになるとは思わなかった」

冗談っぽく言う達也に、綾子は口元に笑みを浮かべ、好青年に成長した弟を見る姉のような気持ちになっていた。

食事が終わると、二人で後片付けをした。綾子が洗って、それを達也が拭いて食器棚の定位置に置いた。

後片付けが終わり、しばらくテレビを見ていたが、達也が清水山に行きたいと言い出した。子供の頃、何度か達也と散歩がてら手をつないで行った場所で、ここから歩いて四十分くらいで展望台に着いてしまう。清水山の入り口まで十分、そこから三十分で展望台へと着くので、山といっても標高四百メートルもないのだ。普段着でも十分行ける山である。何もない町なので、唯一の観光場所といってもよい。

二人は並んで歩いた。五つ年上の綾子は昔自分よりはるかに小さかった達也の手を引いて歩いた道を、今では頭一つ分綾子よりはるかに大きくなった達也に、少し歩幅も急ぎ足で歩かないと遅れてしまいそうになる。以前は綾子が小さな達也に合わせてゆっくり歩いていたのだから、確かな時の流れを感じずにはいられなかった。

よく晴れた昼下がりだった。少し寒いが風がないので、歩き始めて時間が経つと汗ばむくらいだった。緩やかな坂道を登って行くと、梅の蕾がだいぶ膨らみかけ、寒いながらも確実に春がきていることを知らせていた。

「ねえ、これ全部桜の木だよね。春になったら綺麗なんだろうね。俺、夏休みにしかここに来たことなかったから、桜の咲いたところ見たことないな」

アスファルトで舗装された車道の片側に力強く枝を広げ、生命力を内に秘め、坂の上のほうまでずっと並んでいる桜の樹木を見ながら達也は言った。

「うん。すごい、綺麗よ。多分今年も三月の終わる頃には見頃になるんじゃないかしら。来月また見に来ましょうよ」

「綾ちゃん、昔、俺の手を引きながら言っていたよね。ここの桜咲いたらすごく綺麗だって。だから俺、子供心に一度見たいなって思っていた」

「あら、小学生の達也ちゃんにそんなこと言っていたのね」

達也は歩みを緩め、それに気づかずに前を歩く綾子を見ていた。そこには昔の綾子の後ろ姿が重なっていく。まだ幼い達也がはぐれないように、しっかりと彼の手を握りしめていた少女の後姿だ。達也も迷子にならないようにぎゅっと綾子の手を握り返したものだった。綾子の細い指の柔らかな感触が達也の掌に蘇ってくる。

兄の直哉は綾子より一つ下で、年が近いせいもあり、話が合い、その会話をまだ幼い達也は二人の真ん中に座って聞いていた。上級生同士の会話の内容が全く分からず、よく質問しては会話に参加したがった。その時も綾子はいつも達也に分かりやすいように話をしてくれた。

綾子から見たら五つ下で子供そのものの自分の遊び相手になり、夏休みの宿題も教えてくれた「綾ちゃん」だった。宿題は理解しているのにわざと分からないふりをして教えてもらったこともあった。十数年経った今でも何一つ変わらない綾子が改めて嬉しかった。

綾子が前方で、早く早くと手招きしていた。

二人は上り坂を歩き、左に緩やかに続いているカーブを曲がった。桜の木々の、今はまだ枯れ木みたいなその無表情さに、開花した時の鮮やかな淡いピンクが空を埋め尽くす桜の花のテントを想像しながら、お互いに言葉を必要とせずに歩いた。

「綾ちゃん」

達也が歩くのを緩めながら綾子のほうを見た。綾子は「何？」と達也のほうを見上げた。

「俺今度、移動で鹿児島に行くことになったんだ」

綾子は驚いて、思わず立ち止まった。達也も歩みを止めた。

「先月人事から内示がなかったから四月以降も福岡と思っていたら、今月に入ってすぐ、鹿児島に行くことになって」

達也は綾子のほうを見据えて口を固く閉じた。沈黙があり、意を決して、息を大きく吸い、その勢いで言葉を発した。

「俺と一緒に鹿児島へついてきてもらいたい」

達也は綾子から視線をそらすことができなかった。綾子は達也が何を言わんとしているのか分からなかった。「え?」と口からもれただけで、「ついてきてもらいたい」の意味がどういう意味なのか、頭の中で考えなければならなかった。

これは多分プロポーズなのだ。そう理解できたのはしばらく経ってからだった。年下の従兄弟の突然のプロポーズに綾子はただ目をパチクリさせ、達也を見ていることしかできなかった。今までに自分が感じたことのない達也の真剣な眼差しを見て、やはりそうなのだと綾子ははっきりと認識した。何と返事してよいものか、分からなかった。

「そんな突然に言われても私駄目よ、分からない」

そう正直に自分の気持ちを伝えるのがやっとだった。

「すぐに返事をもらおうとは思っていないよ。来月まで待つよ。ただ、これからは、俺を、いや僕を、従兄弟としてではなく、年下ではなく、一人の男性という目で見てほしい」

達也はそう言うと、力が抜けていくように静かに息を吐いて、また展望台を目指して歩きだした。綾子はその場に立ち尽くしたが、少し先を歩く達也から何もなかったかのように「早く行こう」と言われ、綾子はどう行動してよいか分からず、言われるがまま前へ歩きだしていた。

それからは、ただ色々な話をしてそのまま展望台へと行き、帰ってきたが、何を話したか、どんな景色が展望台から見えたのか、綾子は何も覚えていなかった。

夕食後、綾子の頭の中はあの言葉が繰り返されていた。達也はそのことには一切触れず、何もなかったかのように振舞っている。その態度は綾子が戸惑うほどであった。そして、その日は何もなく終わった。ただ、寝る前に達也から、明日買い物につき合ってほしいと言われたので、一緒に天神に行くことにした。

綾子は布団に入り、しばらく考えていたが、結局断ろうと決めた。

今までの見合い相手のように最初から結婚を前提に会っていたわけではないので、いつも身構えていた時と違い、何か達也の不意打ちにあったような感じだった。どう返事をしていいのか分からなかった。断る理由というより、プロポーズを受ける理由が綾子には見つからないのだ。もちろん達也のことは嫌いではないが、自分の考えがまとまらないまま、寝つけずにいた。

明日適当に何か理由をつけて断ればいい。そう思うと少し気持ちが楽になり、眠りに入った。

翌朝、綾子が部屋から台所に下りていくと、達也は朝食用に博多でおいしいパンを買ってきたと言って、テーブルに並べていた。

「ごめんなさい、お客さまに用意させて。私寝坊しちゃった」

「いいよ、俺ぐっすり寝られたから。早く目が覚めてすることなかったから。顔洗ったら一緒にご飯食べよう」

少し焦げた目玉焼きを食べながら、綾子は頭の中で昨日適当に考えた理由で返事をしなければと思い、切り出した。

「昨日の話だけど、私五つも上だし……」

「返事はまだいいよ」

達也は綾子の言葉を遮るように優しく言った。そして綾子をしっかりと見つめ、

「まだ、じっくりと考えてもらいたいから」

綾子は牛乳のカップを口元に運び、もう返事の続きを言う気が失せてしまった。

自分にはその気がないのだ。答えはただ一つである。達也が今聞きたくないのであれば、この返事が来月に延びるだけだと綾子は思った。

その後、二人は達也の買い物をするために天神へと車で出掛けた。休日のデパート

は混雑していた。ベビー洋品売り場へと足を運んだ。達也の大学時代の友人に先日子供が生まれ、そのお祝いを買いにきたのだ。何を買っていいのか分からないので、女性である綾子に頼んだのである。

綾子は達也の予算を聞き、今必要なものは全て揃っているだろうからと生後六ヶ月のベビー服を買った。三件を回ったが、どこの店員からも、綾子と達也を見て新婚さんで、綾子のお腹が目立たない二〜三ヶ月くらいと言われたのである。さすがの綾子も、まだ結婚もしていないのに、いきなり妊婦と間違われるのはいい気がせず、三件目で服を決めた。

達也が歩き回ったので休憩しようと言ったので、デパートを出て、近くにあったカフェへ入った。

「綾ちゃん、悪かったね。色々と歩かせて」

達也は少しむくれている綾子に詫びた。

「いいえ」

綾子は不機嫌だった。達也は笑いながら、

「綾ちゃんみたいにスマートでも、ああいう店に入ると妊婦さんに間違われるんだね」

「痩せてないわ。最近少し太ったわ。それで妊婦さんに間違われたのかしら」

綾子は自分のお腹をまじまじと見ている。それが、妙に子供っぽくて達也には可愛く思えるのだった。達也は笑っている。注文したコーヒーを一口飲み、

「綾ちゃん、なぜお見合いしかしないの。伯母さんの話では、去年から急にすると言いだしたって。それまでは、勧めてもそんなの嫌だ、断ってくれって言ってたのにって」

綾子は言葉を探した。沈黙があり、少し迷ったが、正直に口が動いた。

「私ね、好きになってはいけない人を好きになっちゃって、その人と二年間交際したの。でも結局別れたわ。それから、以前からきていた見合いの話を全部受けたの」

達也は黙ったまま話を聴いていた。

「その人のこと、本当に好きだったんだね。だから、結婚するためではなく、その人のこと忘れるために見合いをしてきたんだね」

「……そうよ」

そんなことは他人から言われずとも、自分でも承知しているはずだった。しかし綾子は、達也に言われて、改めてそんな方法でしか広瀬庄司を忘れることができないのか、自分は他人を犠牲にすることでしか失った恋の痛手から立ち直れない人間なのか、と思った。――違う。最初はそうであったけれども、今は純粋に私の一生の伴侶になる人を探しているはず。心の中で静かな葛藤があった。綾子は達也を見た。彼に対して返す言葉がなかった。

「俺、しばらくの間そっちに行けなくなるんだ。急に転勤が決まったから、色々と引き継ぎの文書を作成したり、仕事を片付けたりとかしないといけないから。だから、伯母さんにそう伝えといてもらいたいんだ」

「しばらくって、どれくらい？」

「来月いっぱいかな」

「そう、お母さん寂しがるわ。達也ちゃんが来るの、とっても楽しみにしていたから。もちろん、私も」

思わずそう言ったが、綾子は「私も」の意味が従兄弟としてなのか、それとも違う感情からなのか、自分でも分からなかった。

「うん。俺もしばらくは我慢だね。寂しいけど、伯母さんとも綾ちゃんとも会えないからね」

達也は綾子を見つめた。綾子は慌てて視線を窓越しに移し、通り過ぎていく人々を見た。通りには恋人同士の学生や、新婚らしき人々が皆幸せそうに歩いている。自分たちもあの人たちから見れば、恋人同士に見えるのだろうか、それとも姉さん女房の夫婦に見えるのだろうか。

外は昨日同様天気がいい。昼下がりの陽射しが窓から入ってきて、綾子と達也とのテーブルに陽を落としている。

「鈴木さん」

達也に三人の男性が声を掛けてきた。男性というより、まだ学生という感じだった。どうやら達也の職場の後輩らしい。同期だけで遊びにきているということだ。達也は三人と冗談を言い合っては笑っている。三人が達也を慕っているのが会話の端々に感じられる。達也も他の三人とも快活に笑っている。

「どうしたんですか、こんな美人を連れて。俺達にも紹介してくださいよ」

綾子は挨拶をした。その中のおしゃべりな一人が綾子に向かって、

「鈴木さんのこと、よろしくお願いします。役所でも頼れる存在だし、こう見えても、女の子には人気なんですよ。優しいわーって」

「こう見えても、っていうのが余計だよ」

達也がそう言うと、三人はデートの邪魔になるからとカフェから出て行った。出て行く際に、達也に小声で「先輩ファイト」と小さくガッツポーズを作った。綾子は達也の後輩の陽気さを達也と笑い合った。

二人はたわいもない話をしながら歩いた。職場の話、大学時代の恋愛の話、友人の話。綾子は、達也と話すといつも話が尽きないことを思った。

二人は、あるフレンチレストランの前を通り過ぎた。そこは以前、去年別れた広瀬に「ここはおいしいから」と連れて来られた店だった。綾子はフランス料理のマナーを知らないので、そこに行く数日前に本を三冊も買ったものだった。しかし、そんなマナーを抜きに気軽に食べられる所で、料理も最高においしかったのだ。それを広瀬に話したら、「そんな堅苦しい所なら僕のほうが行かないよ」と言って笑われたことを思い出していた。

広瀬とはこうやって堂々と歩くことなどなかった。歩く時は数メートル後ろを歩いた。いつも人目を気にしてひっそりと行動していた。だから遠出をしても常に人目を忍んでいた。帽子を目深に被り、夏には必ずサングラスをかけていた。広瀬は綾子の上司だった。だから、職場の人間が行きそうな場所には行かないようにしていた。

こんなふうに誰の目も気にせず、歩くことが、いかに自然で当たり前かということを、達也に教えられているのかしら。職場の人間に似た人がいるとそれを見て反射的に隠れていたあの頃——。

綾子は達也を見上げた。太陽が眩しい。まるで達也が太陽を従えて歩いているように見える。達也の話し声が耳に残る。

あれから、見合いで何人もの男性と会ってきた。しかし、こういう心の余裕はなかった。何か空虚だった。上辺だけだった。今初めて広瀬以外の男性と向き合ってもいいと感じているのかしら。達也は好きな野球の話をしていた。綾子は自問自答していた。

横断歩道の前に二人で立った。信号が赤になった。ふと話が途切れ沈黙が続き、二人以外は騒々しいのに二人には言葉がなくなっていた。「通りゃんせ」の音楽が流れ、横断歩道を歩いた。綾子はなぜ達也が黙り込んでいるのか分からずに、不安になった。何か綾子のほうから話題を切り出そうとしても、今この場に不自然でない話題が浮かばなかった。

達也が腕時計を見た。綾子は、達也のその動作の意味するものを自分なりに感じた。そして達也の数分の沈黙で動揺している自分を悟られないようにしたかった。また、動揺している自分を認めたくなかった。

「達也ちゃん、私博多から電車で帰るわ」

「えっ、俺車で送るよ」

「ううん。ここに来るのだって、瀬高から来たのよ。送ってもらえばまた博多まで大変よ。帰りは電車で帰るわ」

「そんなの大変じゃないよ」

「友達がね、二日市駅の近くに住んでるの。久々に会って、ゆっくり話がしたいから、電車で帰るわ」

「そう。それじゃ、博多駅まで送るよ」

「ありがとう」

ホームで見送る達也の顔は寂しげに見えた。綾子は休日で混雑する電車の吊革に掴まりながら、流れていく大きな窓の景色をぼんやりと眺めていた。

「綾ちゃんはいい人生を送るはずだよ」

達也が、綾子に告げたその言葉を思い出していた。いい人生とは、いい伴侶と巡り合えることなのかしら。いい伴侶って……。

電車は二日市駅へと向かっていた。

3

「すみません。これお願いします」

市民課のカウンターの窓口に座っている綾子に向かって、若い女性がオレンジ色の細い線に縁取られた薄い婚姻届を手渡した。

「戸籍謄本か抄本を一通お持ちですか」

事務的なてきぱきとした綾子の声だ。

「はい。これ」

「確かに。少々お待ち下さい」

綾子は婚姻届に記入漏れや捺印漏れがないか素早くチェックし、不備がなかったのでそれらの事項をパソコンに入力し、受理した。手続きが終わると、女性は満足そうに帰っていった。

女性の幸せそうな後ろ姿を見ると、忙しい仕事の合間にも羨ましく感じられる時がある。去年の四月の異動で庶務課から移って、もう一年近く多くの婚姻届を受け取ってきた。初婚の人もいれば、二度目、三度目の人もいる。一年の中でも二月はバレンタインデーに届けを出しにくる人が多いので、今週は綾子にとって忙しい週になるのだ。クリスマスと並ぶくらい、どっと件数が増える。月で言えば、二月三月と十月が多くなるのだ。しかしカレンダーを見ると今日は仏滅なので、あまり件数も多くないはずである。

後ろのキャビネットを開けて、用紙をファイルに綴った。その用紙の厚みでファイルに入りきらなくなっている。

綾子は、そのオレンジ色に縁取られた婚姻届の束をしばらくぼんやりと見つめていた。一年間でこんなに多くの人たちが結婚しているのだ。達也に指摘されたように、確かに広瀬を忘れるための手段の見合いではあったが、自分にも結婚したいという気持ちが十分にある。あと一月あまりで二十九歳になる。幸福な結婚に憧れる。

このファイルに記入されている人々は、果たして今、自分の選んだ人と、幸せで満足しているのだろうか。こんな薄っぺらい紙一枚を提出することによって、人生のパートナーが決定付けられてしまう。たとえそれが役所に手続きするためだけの紙であっても。綾子は、このファイルの厚さ分だけの、それぞれの人のそこに至るまでのドラマを感じたような気がした。

綾子は自分のいる一階から庁舎の三階へ書類を持って行き、その階の長い廊下の奥の喫煙所のソファに座り、タバコを吸っている広瀬を見つけた。黒表紙のファイルを片手に持ち、それを読んでいる。

四年前に綾子の上司だった広瀬は、仕事ができ、寡黙ながらも人からの信頼も厚かった。そんな広瀬を綾子は尊敬し、それが恋に変わるのにそう時間はかからなかった。忘年会の帰り、乗り合わせたタクシーから一人ずつ降りていき、二人が最後まで残ってしまった。この時でなければ、綾子が自分の気持ちを伝えることはできなかった。それから二年間お互いに愛し合ったが、初めから別れが答えの恋だった。綾子の結婚というものは、この恋においては到底考えられるものではなかった。

不倫と言われれば、それだけの関係だったのかもしれない。広瀬は決して実現できないものに対して綾子に期待を持たせるような言葉は言わなかった。しかし、そういう軽はずみな言葉を口には出さないことで、また言葉を超える想いによって、広瀬の綾子に対する気持ちは十分に伝わっていた。男性が自分の欲望のまま女性を求めるのと違い、広瀬が求めたのは綾子という一人の女性だった。

女性であれば、夜を共にする時にその違いは分かるはずである。その瞬間瞬間に広瀬が誰よりも綾子を愛しく思ってくれていることが、言葉にしないことで、より鮮明に伝わってきたのだ。

出会うのが遅すぎたと当時の綾子は嘆いていた。彼女の人生において、これほど愛した男性はいなかった。しかしその男性は妻子ある男性であり、綾子は妻から彼を奪うという大それた勇気など持ち合わせてはいなかった。また広瀬も同様であった。

一度、綾子が「奥さんにばれたらどうなるの」と聞いたことがあった。

「多分、離婚だ。家内は、自尊心を傷つけた俺との生活はもう望まないだろうね。……そして子供達と一緒に家を出るだろう」

それならいっそのこと、ばれたほうが……。綾子は、そう思う自分の身勝手さに、自分自身が怖くなった時さえあった。人の不幸を願う自分がいることが嫌だった。

綾子は三階の長い廊下の真ん中の階段を下り始めた。広瀬は奥のほうで彼女の存在に気づかずタバコを吸っていた。お互いの姿は、来客している市民の中に消されていた。

人の道にはずれた恋をしておきながら、広瀬の妻に対する罪悪感や、綾子の母に対する申し訳なさが綾子を苦しめていた。清子がこのことを知れば、どんなに胸を痛め綾子を責めるだろうか。彼に対する想いと罪悪感が表裏一体になった恋に疲れ果てていた綾子に、広瀬のほうから別れを切り出したのだった。綾子もそれを承諾した。これで良かったのだ、本来あるべき道をお互いに歩きだすだけだと自分に言い聞かせた。もう、過去のことであり、終わったことなのである。綾子はまた窓口のカウンターに座り仕事を続けた。


「達也ちゃんが来なくなって寂しいわね」

清子がポツリと言った。

「いいじゃない、お母さん。私がいるんだから。以前はずっと二人きりで食事していたんだから」

箸を置いて綾子が言った。

「そうなんだけど、私が作ったものをおいしそうに全部豪快に食べてくれている姿を見ると、男の子を一人産んでおけばよかったって思うわよ」

綾子はおかしそうに聞いていた。達也がいない休日の夕食をもう二回迎えたが、綾子も清子と気持ちは同じであった。綾子が大学を卒業して実家に帰ってきた時は、年の離れた姉二人は既に結婚して家を出ているので、この七年間はずっと清子と二人だけで過ごしてきた。父親は綾子が大学二年生の時に亡くなっている。そのため以前からなりたかったスチュワーデスの夢を諦め、家から通える市役所に就職したのである。もちろん母清子のことを思ってである。

綾子が結婚に踏み切れない理由は、清子が一人になった時のことを思うと心配でならないからである。清子がこの家に取り残され一人で生活している姿を想像すると、胸が締めつけられる思いである。人が大好きで人との触れ合いが大好きな母であり、還暦を迎えようとする母を一人ここに残していくことなど到底できない。

「隣の椛島さんの奥さんがね、おかしいのよ」

清子は勿体ぶって笑っている。

「綾子ちゃん最近全然見合いしないって聞いていたけど、格好いい彼氏ができたからなのね、って」

おかしいでしょうと綾子に同意を求めて笑っている。

「だから言ったのよ。長野に行った義妹の息子の達也ちゃんだって。綾子の従兄弟の達也。昔夏休みに来ていた弟のほう。そしたら椛島さんの奥さん、驚いちゃってまあ、立派な青年になったたって誉めていたわ」

「椛島さん、そそっかしいもの」

綾子は湯のみを両手で持って一口啜った。

「綾子と達也ちゃん、そんなふうに見えるのね。昔うちに遊びに来ていた頃は、まだ小さくて綾子の弟みたいだったのにね。歳月が経つのは早いわね。二人が恋人同士に見えるなんてね」

清子は目を細めながら感慨深げに言った。

「嫌だ、お母さん私五つも年上なのよ」

綾子は慌てて清子の言葉を打ち消すように、そして、自分に言い聞かせるように言った

「年なんてね、関係ないのよ。お互いが好き合っているのなら」

綾子は、清子のその言葉の意味が、世間一般的なことを言っているのか、自分と達也のことを言っているのか、しばらく黙って考えていた。

「昔から、従兄弟同士の結婚なんて、いっぱいあったわよ。何の問題もないし」

綾子は黙っていた。清子は薄々気づいていたのだ。

確かに清子が言うように、従兄弟同士の結婚なんて珍しくもない。そして、十二歳の少年から現在に至るまでの達也の成長過程を見ていなかったせいもあり、昔抱いていた弟のような思いが薄くなってしまい、突然青年として綾子の前に現れた達也に対して、別の男性が現れた感じを受けるのも事実だ。しかし、一人の男性と見ることができても、それがすぐ達也のプロポーズを受け入れられるということとは話が別である。

「お母さんね……」

清子が独り言のように話し始めた。

「綾子はいつも人生の節目っていうか、進路を決める大事な時期に家族の犠牲みたいになっているでしょう。あんたが大学受験する時だって、希望していた東京の私立の大学に入学が決まっていたのに、上のお姉ちゃんと下のお姉ちゃんと急に同じ時期に結婚することになって、お金がたくさんいるからって、結局熊本の国立に行くことになったし。大学に入ったらスチュワーデスになるために一生懸命英語を勉強して頑張ったのに、お父さんが二年生の時に亡くなったから、お母さん一人で可哀そうって、夢を諦めて市役所入って……」

清子は小さくため息をついた。

「市役所に入ったのは、お父さんが役場に勤めていた公務員だったからよ。別に嫌々なったわけではないわ。なりたい職業の一つだったもの」

「そう。そう言ってくれるとお母さん助かるわ。綾子にはお姉ちゃんたち以上に幸せになってもらわないとね。達也ちゃん、四月から鹿児島なんだってね。お母さん、一人でも全然寂しくないわよ。仙台やヨーロッパに比べたら、同じ九州じゃない。それに、達也ちゃん、転勤はあるけど、九州を出ることはまずないって」

綾子は頷いた。確かに九州からは出ないと達也は言っていた。

「お母さん、達也ちゃんなら大賛成よ」

清子は炬燵の上で軽く組んでいる手の甲を見つめながら頷いていた。

清子が、今までのお見合い相手に対してこんなに賛成の意思を表したことはなかった。それだけに、改めて達也との結婚を考えたほうがいいのだろうかと、綾子は達也の存在を強く意識した。

4

綾子は部屋のクローゼットの両扉を開いて、今日職場へ着ていく洋服を選んでいた。明日から三月に入る。もう春だと思うとそれらしい色の服を着ていこうと思った。

ベッドの上には、ハンガーに掛けたままの淡いパステルのブルーのジャケットに白いスカートのスーツ、それに白のシンプルなワンピースなどが店のレイアウトみたいに三着投げ置かれている。しかし、綾子が選んだ服は、細身のベージュのパンツと淡い黄色の薄いセーターだ。お気に入りのプラチナのペンダントを身に付けた。結局いつも綾子がよくする格好だ。シンプルな着こなしは、綾子の持つ落ち着いた女性らしさを引き立てていた。

ドレッサーの前に座り、髪型を整えた。今日は仕事が終わった後に達也に会いに行くことにしているのだ。もうすぐ転勤で仕事に追われて忙しい達也に、母清子の作った料理を博多まで届に行くのだ。達也には、今日仕事が終わってから会いに行くことだけを清子から伝えてある。

市役所に入り、更衣室のロッカーの中に、清子が今朝作った大きな重箱をしまい、更衣室に入ってきた数人の職員に挨拶をすると、すれ違い様に彼女たちの会話が綾子の耳に入ってきた。

「まあ、そうですか。広瀬課長がね……」

「先週だったらしいですよ。届けを出されたの」

「原因は何だったのかしらね。離婚だなんて」

「広瀬課長」「離婚」この二つの言葉に、綾子の体は一瞬にして反応した。離婚？　そんなまさか……。綾子は自分の耳を疑いながらも、気がつくといつの間にか自分の席の前に立っていた。挨拶が口から出ながら頭の中は真っ白になっていた。

「先週届けを出した」綾子は有給を使い一日だけ休んだ、その日に偶然に広瀬が離婚届けを出したのだろう。先週は忙しくて昼休み以外、ほとんどカウンターを離れていないから、そうとしか考えられなかった。

広瀬と別れてから一年あまり経っている。その間、職場の上司と部下としての会話はあったにしろ、課が違った今では、ほとんど顔を合わせることすらない。綾子は市民課へ、広瀬は福祉課へそれぞれ異動になっている。

私のせいだ。別れた後で、私とのことが奥さんに知られてしまって夫婦仲がうまくいかなくなったんだわ——。

綾子は自責の念で一杯になっていった。とにかく広瀬に会って、一刻も早く謝りたかった。詫びて済む問題でないことなど、十分分かっていた。しかし、今の綾子にはそれしか取るべき道がなかった。

確か広瀬には、今中学生と高校生の女の子がいるはずである。あの子煩悩な広瀬のこと、子供たちと離れて暮らすのはどれだけつらいことだろうか。以前綾子に、「子供だけはどんなことがあっても手放したくない」と言っていた広瀬の言葉が思い出される。

あまりの愛しがりように、それに嫉妬した綾子は「私と子供とどっちが大事なの」と問いつめたことさえあった。しばらく間があって、申し訳なさそうに子供が大事だと言っていた。——今にして思えば、そんな当たり前のことを、その当時の綾子は真剣に聞いていたのだ。そして、同居している母親が一番大事な存在で、次が子供、その次に綾子だと言っていたのを思い出した。

広瀬の母親と妻は折り合いが悪かった。「自分のことは適当に扱ってもらっても構わないが、母親に対して思いやりのある態度で接してくれたら……」一度だけ広瀬が綾子に奥さんのことを愚痴ったことがあった。しかし、子供の母親である彼女とは離婚はできない、そう聞いていた。昔のことが走馬灯のように蘇ってくる。

広瀬に会わなければ、会って謝罪をしなければ、綾子は落ち着かなかった。妻子ある男性と道ならぬ恋をしておきながら、それが妻に知られれば結果はどうなるか、最悪の場合は離婚である。そんなことは百も承知だったのに、いざそれが現実になると、綾子は自分のした愚かさに、悔いても悔い切れない思いが全身を支配した。

デスクに並べている赤いファイルを開け、内線番号表を見た。ホチキスで止めてあるページを二枚めくり、三階の座席表を見ると、福祉課の課長の席に広瀬とあり、四桁で内線の番号が書かれている。

綾子は急いで受話器を取り、プッシュボタンを一気に押した。すると左の耳にプルプルと音が鳴り始めた。耳慣れたこの内線の呼び出し音が、三、四回鳴っただろうか。そのほんの僅かな時間が綾子にはとてつもなく長く感じられ、広瀬が出たら、その瞬間に心臓が爆発するのではないかというくらいに、激しく鼓動しているのが分かった。

「はい、福祉課です」

それは広瀬ではなく、広瀬の前に座っている去年新卒で入ったばかりの女の子の声だった。綾子はその声を聞いた瞬間、我に返り、安堵して全身の力がゆっくりと抜けていくのが分かった。咄嗟に、

「あ、すみません。間違いました」

「はい」

女の子が拍子抜けしたような声を出した。受話器を置いた。

綾子は、職場の電話を通して謝罪しようとした自分が馬鹿だったと思った。こんな重大なことを、職場の内線を使って何を話せるだろうか。広瀬もまた答えられるわけがないのだ。とにかく広瀬に会うことだ——綾子は先ほどのわけの分からぬ気持ちの

動揺を鎮め、冷静になって考えた。
十二時になれば、交代で皆食事に行く。お昼の時間の電話当番は管理職になってい
る。広瀬も当然当番になっている。綾子はしばらく時間の経つのを待ち、頃合いを見
計らって広瀬に内線を入れた。
「はい、福祉課です」
聞き慣れ親しんだ声が受話器を通して綾子の耳に入ってきた。
「あの……」
これだけ言うのがやっとだった。意を決したつもりでいたのに、次の言葉がなかな
か出てこなかった。
「あーいいですよ。今日の帰りにいつもの所に行きましょう」
広瀬は、綾子の会話にならない会話で誰であるかを察し、そして会う場所まで指定
してくれたのだ。以前もたまに急用があって綾子が内線を入れると、「帰りに行きまし

ょう」の台詞で、いつもの待ち合わせ場所で落ち合っていた。携帯電話を持つと妻からの連絡がすぐについてしまうからと、広瀬は携帯電話を持っていなかった。綾子と会う時には必要ないので、最初から持たないほうがいいと言っていた。だから二人の連絡はいつも内線を使っていたのである。

この市役所から歩いて十分程度の所にある小さな喫茶店がいつもの所である。あまり繁盛していないので客は大抵綾子と広瀬の二人だけことが多く、綾子が冗談でこの喫茶店が潰れずに営業できるのは私たちのお陰だ、と言っては広瀬も笑いながらそれに頷いていた。

帰りの時間とは、五時半ぐらいのことだった。役所が終わるのが五時、それから後片付けをすると、だいだいその時間になるのだ。

五時になり仕事が終わると、綾子は手早くカウンターや自分のデスクを片付け、他の職員に挨拶をして更衣室に向かった。ロッカーを開けると、今朝清子が達也のために作った料理が入っている重箱が、大きな風呂敷に包まれて、綾子が来るのを待ちかねていたように彼女の目に映った。

綾子はここに来て初めて達也のことを思い出した。今日は金曜日だし、ここに置いて帰るわけにもいかない。しかし、これから大事な話を広瀬とするのだ。多分今日は博多には行けないだろう。綾子はロッカーの戸を開けたままその前から動けずどうしたらよいか困っていた。迷いに迷ったが、どうすることもできずにずっしりと重いその風呂敷包みを持って、約束の喫茶店へと向かった。

綾子は広瀬と別れて以来、久し振りにこの喫茶店へ来ていた。少し薄暗い照明と茶色い壁。カウンターが入口の真正面から左の奥へ伸びているためテーブルの置けるスペースはL字型になっている。綾子たちの指定席は一番奥のテーブルだった。入口からはカウンターの壁に隠れて、そこまで足を運ばないと誰が座っているのかは分からなかった。

相変わらず綾子の他には客は誰もおらず、壁の奥カウンターから綾子の注文したコーヒーを入れる香りが漂ってきた。綾子は朝の動揺から幾分冷静になっていた。広瀬と自分が別れた時のことを思い出していた。

マスターがコーヒーを運んで来た。綾子はカップを手にして一口飲んだ。懐かしい味がした。おいしいとは言えないが、愛着のある味だった。以前は広瀬が早く来ないかとその会いたい気持ちを抑えるためにこのコーヒーを飲んでいたのに、今日は違う意味で気持ちを抑えるために飲んでいる。

その時喫茶店の重い扉が開く鈴の音が鳴った。時計を見ると五時半を少し過ぎていた。広瀬だ。以前もだいたいこの時間に来ていた。かつて愛した人の空気が近づいてくるのが分かる。

広瀬が綾子の前に現れた。少し痩せたような気がした。お互いに微笑む余裕はなかった。広瀬は綾子が呼び出した理由を理解し、綾子に納得のいくように話をしなければ

郵便はがき

恐縮ですが
切手を貼っ
てお出しく
ださい

160-0022

東京都新宿区
新宿 1－10－1
(株) 文芸社
ご愛読者カード係行

書　名				
お買上 書店名	都道府県　　市区郡　　書店			
ふりがな お名前			大正 昭和 平成　年生　歳	
ふりがな ご住所	□□□-□□□□		性別 男・女	
お電話 番　号	(書籍ご注文の際に必要です)	ご職業		

お買い求めの動機
1. 書店店頭で見て　2. 小社の目録を見て　3. 人にすすめられて
4. 新聞広告、雑誌記事、書評を見て(新聞、雑誌名　　　)

上の質問に 1. と答えられた方の直接的な動機
1. タイトル　2. 著者　3. 目次　4. カバーデザイン　5. 帯　6. その他(　　　)

ご購読新聞　　新聞	ご購読雑誌

文芸社の本をお買い求めいただき誠にありがとうございます。

この愛読者カードは今後の小社出版の企画およびイベント等の資料として役立たせていただきます。

本書についてのご意見、ご感想をお聞かせください。 ① 内容について ② カバー、タイトルについて
今後、とりあげてほしいテーマを掲げてください。
最近読んでおもしろかった本と、その理由をお聞かせください。
ご自分の研究成果やお考えを出版してみたいというお気持ちはありますか。 ある　　ない　　内容・テーマ（　　　　　　　　）
「ある」場合、小社から出版のご案内を希望されますか。 する　　しない

ご協力ありがとうございました。


〈ブックサービスのご案内〉

小社書籍の直接販売を料金着払いの宅急便サービスにて承っております。ご購入希望がございましたら下の欄に書名と冊数をお書きの上ご返送ください。
●送料⇒無料●お支払方法⇒①代金引換の場合のみ代引手数料￥210（税込）がかかります。②クレジットカード払の場合、代引手数料も無料。但し、使用できるカードのご確認やカードNo.が必要になりますので、直接ブックサービス（フリーダイヤル0120-29-9625）へお申し込みください。

ご注文書名	冊数	ご注文書名	冊数
	冊		冊

ばならないというその思いのためか、平静を装ってはいるが、その表情は心なしか硬かった。鞄を壁側の椅子の上に、マフラーとコートーをその上に置いた。広瀬が椅子に腰掛けると同時にマスターがやって来て、グラスを置いた。カランと氷とグラスの当たる音がした。

「コーヒー一つ」

マスターに向かって広瀬は言った。マスターが銀色の丸盆を持ってカウンターへと消えた。二人は視線を合わせることができなかった。お互い何を言いたいのか分かっていた。綾子はただ、自分のために取り返しのつかない結果になってしまったとそれを言いたかったが、思うように言葉が出せなかった。

「多分、君が連絡をしてくるんじゃないかと思っていたよ」

広瀬は何からどう話せばよいか考えているようだった。綾子は広瀬の口から出る言葉の一つ一つを聞き漏らすまいと広瀬の話に聞き入った。

「君が責任を感じて、俺が離婚したのは自分のせいだと思い込んで、自責の念に耐え切れず連絡してくるんじゃないかと……」

綾子はただ広瀬の言葉を聞くしかなかった。

「君も知っていると思うけど、家内とお袋はものすごく折り合いが悪くってね。家内が去年の盆に荷物まとめて飛び出していったんだ」

マスターがコーヒーを広瀬の前に置いた。広瀬はそれを一口飲んで話を続けた。これとの成り行きを綾子に分かるように、優しく説くように話をした。

――話し合いを何度もして、子供たちのためにやり直そうと説得をしたけれども、やり直す条件を母親との別居とする妻と、七十を過ぎ足腰が随分と弱くなってきた母を一人で生活させるわけにはいかないとする広瀬との話し合いは、平行線のままだった。広瀬は幼い頃に父を亡くし、母一人子一人で育ってきた。結婚当初から同居を望んでいた広瀬に対して母親は、自分は勝気でお嫁さんと対立してしまう、と言ってその申し出を断っていたのだ。

しかし、四年前に足を骨折して入院し、すっかり体が弱くなってしまった母を放ってはおけず、広瀬は妻の快諾を得ることができないまま同居に踏み切った。結果がどうなるのかは、同居を決めた時点で分かっていたという。広瀬の妻もかなり勝気なため、二人は衝突を繰り返していた。大きな喧嘩も何度かあったという。年が明けてからも何度となく話し合いをしたが、義母と同居はしないと言い切る妻に、広瀬はもう説得のしようがなかったという。妻として帰ってきてほしいというより、子供たちの母親として帰ってきてほしいのが本音だが、もう、離婚しかなかったという。子供たちにどうするか尋ねたところ、二人共広瀬のもとにいたいというので、親権は広瀬が持つことになったという。

「こういう結果になってしまったよ。家内には、金銭面ではできるだけのことはしてあげようと思っている。これから先、女一人で生きていくのは大変だからね」

「でも……」

綾子には、自分がこの離婚に全く関係がないとは思えなかった。

「私の、せい、も……ある、と、思うん、だけど……」

綾子は途切れ途切れになりながらも、そう口にするのが精一杯だった。

広瀬は上着のポケットからマイルドセブンを取り出すと、タバコの先にライターで火をつけて、白い煙をゆっくりと少しずつ吐き出した。

「正直に言うよ。三年前の忘年会の帰り、ああいうふうになってしまったけど、家の中がゴタゴタしていなければ君とは多分……。少し家のいざこざから逃げたかったんだ」

綾子は、自分の座っている席から見える窓ガラスの向こうを見ていた。外は暗く人気のない路地を、時折徐行しながら車が通り過ぎてゆくだけだった。広瀬の今言った言葉が、綾子の胸を締めつけた。

「世間によくある、いやそうよくあるものでもないな。結局離婚するわけだから。嫁姑問題に君の出る幕なんて全くないよ。君と会っている間は家の中で起きているごたごたから逃げていたんだよ。君といると忘れられたからね。でも、そういつまでも逃げてばかりはいられないし、きちんとこのことに真正面から取り組んで良い方向に解決するように努力しなければとずっと思っていた。君と別れてからは自分なりに努力をしたよ」

広瀬はタバコの灰を灰皿に落とした。そして、すぐにまたタバコを吸うと目を少し細め、少し開いた唇から細い煙を吐きだしていた。そして再び灰を落とした。広瀬はそれを見ていた。眉間にある縦皺が深くなった。そして視線を茶色い壁に移し、言葉をのみ込んだ。

綾子はその表情を見て、広瀬の気持ちが手に取るようにわかった。二年間付き合ったからこそ分かる表情だった。綾子と別れた後の自分への想いや家庭の問題で苦悩したこと、そして結局、綾子を失ってまでも守ろうとした家庭が守れなかったこと――。

「でも、努力しても駄目だった。俺は母親が一番大事だよ。俺みたいな男を世間ではマザーコンプレックスとか言うけど、母親が生きている間は俺が守ってやらなきゃならない。俺を育てるためにお袋は若い時から昼となく夜となく働いて、大学まで行かせてくれた。嫁さんと折り合いが悪ければ、普通は母親と別居するんだろうけど、俺にはそんなことはできない」

綾子は広瀬を見つめながら小さく頷いた。

広瀬は残りのコーヒーを一気に飲み干すとテーブルの隅に置いてあったレシートを取り荷物を手早く左手に持ちさっと立ち上がると
「君には幸せな結婚をしてほしい。彼の所へ行くんだろう」

そう言って、綾子の横の椅子に置いていた風呂敷包みを見て微笑んだ。

「あ、お金、私が払います」

それを遮るように広瀬はレシートを持った右手を軽く上げ、レジでお金を払い店から出て行ってしまった。

綾子はしばらく椅子に座ったまま動くことができなかった。広瀬と自分はすっかり他人になっている。別れてからお互いの人生を、広瀬は広瀬なりの、綾子が関わることなどできない道を確実に歩んでいるのだ。綾子もまた自分なりの道を広瀬が関わることができない道を確実に歩んでいる。

真剣に愛した人だった。おそらく結ばれないと分かっていたからこそ、あんなに情熱の塊で人を愛することができたのだ。今まで広瀬のことはふっきれたつもりでいた。しかし、綾子が完全に広瀬のことをふっきれたのは今だった。広瀬がそうさせてくれたのだ。

テーブルの上に涙が落ちた。続いてその横にまた涙が落ちた。広瀬とのことは、綾子の人生の中で完全に終わった。人差し指で落ちた涙を拭った。

広瀬は本当に優しい男性であったと改めて感じた。離婚の原因が綾子でないことを淡々と語ってくれた。綾子と別れた後も、非は全て自分であり綾子に一切の非はないとさりげなく気遣いをしてくれる広瀬のその優しさに触れ、人の道を外れていた恋ではあったけれども好きになってよかった、と流れる涙をただテーブルに落とすことしかできずにいた。

横に置いていた重箱を膝の上にのせた。綾子は涙が止まるまで、その席に座っていた。

5

綾子は達也の家へ向かった。目印になるケーキ屋を探していた。そこの店の右横から入っていき、まっすぐ進み、突き当たりのマンションがそうだという。

暦の上では春だが、やはり夜はまだ寒い。真冬ほどの寒さではないにしろ、吐く息はまだ白かった。ふと足を止め、見上げた空に星が出ていた。今日はやけに星が輝いている。何年振りだろうか、こんなにまじまじと夜の空を眺めるのは。星がこんなにもキラキラと光を放ってくれている。

綾子は夜空をしばらく見ていた。多分あの星にもこの星にも正式な名称があるはずだ。なのに自分は何も知らないのだ。小学校から大学までの勉強で、こんなに身近にある、それも自分の頭上で輝き続けている星々があるのに、全く考えたこともなかったのだ。

「綾ちゃん」

聞き慣れた声がして後ろを振り向くと、達也だった。

「達也ちゃん」

シャッターの閉まった駅前の商店街の入り口で二人は向き合った。

「さっき、声かけたけど全く気づかないから。両手にそんな大きな荷物持って、ぼーっと立って、上見ているんだもの。何見ていたの?」

達也は不思議そうに綾子が見ていた方角を見た。

「星。星って綺麗ね」

「ああ。綺麗だね。特に冬の星は綺麗だよ。空気が冷たいから星が生き生きとして見える。俺、小学生の時まで宮崎にいただろう、宮崎の空はもっと綺麗だったよ。博多みたいに都会じゃないからね。星がもっと近くに見えて、もっと空一杯に無限に広がっていたな。落ちてきそうだったよ」

「本当？　宮崎の星、見てみたい」

「今度行こうか」

「うん」

綾子は嬉しそうに頷いた。二人は歩きながら話を続けた。

「今日来るって伯母さんから連絡をもらっていたから、駅に着いたっていう電話を待っていたんだ。だけどなかなか連絡がこないし、九時過ぎたから心配になって迎えに来たんだよ」

「ごめんなさい、仕事で遅くなってしまって。家はこの近くなんでしょう」

「うん。ここから五分とかからないよ」

「今日、寒いわね」

達也は自分のマフラーを綾子の首に掛けた。

「ありがとう」

そのマフラーは温かかった
「ねえ、その風呂敷包みは何？」

「これ、お母さんが達也ちゃんのために作ったの。私、今日は宅配屋さんってところね」

「おいしいだろうね。伯母さん料理うまいしね。嬉しいよ。最近は忙しくて役所の中で出前をとって、それが、晩飯だからね。帰ったら寝るだけ」

「仕事、大変そうね」

「綾ちゃんだって仕事しているから同じだよ。それに早く終わらせて、週末は伯母さんの手料理を食べに行かないとね」

達也と綾子は笑った。

達也の部屋は狭いながらもきちんと片付いていた。1DKのフローリングの部屋の真ん中に電気炬燵が置いてある。部屋の奥には二段に重なった透明のプラスチックの衣装ケースがあり、その中に入っている緑や赤の数種類の色彩の洋服がこの部屋の唯一の色になっている。本当に何もなく、普段は家と役所の往復で遊ぶ暇がないと言っていたのがよく分かる部屋だった。

達也はダイニングの小さいテーブルの上でポットから急須にお湯を入れていた。

綾子は炬燵の上で重箱を二つ並べて、達也の好きそうなおかずを皿に取り分けていた。

「達也ちゃんたくさん食べてね。明後日の分までありそうよ」

達也はおいしそうに清子の作った料理を食べた。取り皿の中が何もなくなると、綾子はその皿へ重箱から取って達也に渡した。

久し振りに達也と過ごす時間だった。

咀嚼する達也の顔を見ていた。達也との会話は楽しかった。綾子はよく笑った。広瀬とのことがあり、心底笑えたわけではなかったが、ここに来る前にふっきれた綾子の心の中に、達也の明るい声や眼差し、仕草が優しく染み渡っていくのが分かる。会話を続ける達也の表情は小学生の頃の屈託のない少年の顔であり、昔もよくこの表情で学校の話や友達の話などを聞かせてくれた。思い出すにつれ、達也は昔、自分に対して好意を持っていたのかもしれないとふと思った。そう思うと、綾子は胸が熱くなった。

「おいしいよ」

この日、綾子は自分の恋を終わらせることができたが、相手の幸せではない状況を思うと、今から自分が手に入れる幸福を素直に受け止めていいのか分からなかった。

「君には幸福な結婚をしてほしい」

広瀬の言葉が蘇った。——ただ、自分の気持ちに素直に従っていけば自ずといい結果に導かれていくのではないか。この目の前にいる達也が自分を導いてくれる人なのかもしれない。激しくはないが、穏やかに綾子を春の陽射し溢れる人生へと静かに手招きをしている。

「綾ちゃんは、もういいの？　少ししか食べてないよ」

「うん。あまり食欲がなくって。達也ちゃんの入れてくれたお茶、おいしいね」

「体調悪いの？」

「ううん。ただ、ちょっと」

「心配事？」

達也が心配そうに聞いた。

「ううん」

軽く首を振った。綾子はそれ以上は自分の心情を言葉にすることができなかった。

達也は綾子の傍に来てその身を軽く引き寄せた。綾子はそのまま達也の胸にそっと顔をうずめた。達也も綾子も言葉はなかった。言葉はなくても、達也は今の綾子をいたわることしかできなかったし、綾子もまたそんな達也の気持ちに甘えることしかできなかった。

綾子は達也の胸から聞こえてくる心臓の鼓動を聞いていた。そのリズムが心地よかった。達也の温もりが綾子の全身を包んでいく。この人はいつも私を包みこんでくれる人なのだ。

しばらくして綾子はそっと達也の胸から身を起こした。

「もう、帰るわ。最終列車があるうちに」

達也ともと来た道を駅まで歩いた。

「綾ちゃん、明日電話していいかな」

「うん」

綾子は微笑んだ。

綾子が電車に乗ると同時にドアが閉まり、達也は手を振った。その顔は綾子に対する優しさで満ちていた。綾子もドアのガラス越しから達也に向かって小さく手を振った。達也はどんどん小さくなって、もう、見えなくなってしまった。

6

綾子は自分が嫁いだ後の母清子の生活を考えると、どうしても気持ちが揺れ動くのだった。清子の後ろ姿を見ると、自分の母親だと贔屓目に見てもやはり還暦を迎える女性である。頭にも随分と白いものが目立つし、父が亡くなり九年が経つ。

——父の葬式の時、決して人前では泣くことはなかったが、家族だけになった時、母は私たち姉妹と声をあげて泣いた。母は寂しくないのだろうか。

綾子の前ではいつも明るく朗らかな母である。嫁いだ姉たちは遠いこともあり、一年に一度帰ってくればいいほうである。ここ数年は、二番目の姉智子は海外で暮らしているので手紙と電話をよこしてくるくらいだ。綾子は庭の雑草を取っている母の背中を見つめた。

姉二人は若い時に結婚している。上の姉洋子が二十四歳の時、智子が二十三歳で、ちょうど綾子の大学受験の時であった。洋子はその年の三月に結婚式を予定していた。智子は結婚を前提に付き合っている男性がいたのだが、妊娠しているのが分かり急遽、二人揃って同じ三月に式を挙げることになったのである。

ただでさえ洋子の結婚には、老舗の料亭に嫁ぐとあって、それに見合う用意をしたので貯金がなくなってしまったと父が言っていたのに、智子までの結婚で、借金をして嫁に出したのを覚えている。二人とも大学を出たばかりで全然お金がなかったのである。それで綾子は進路を変更せざるを得なかったのである。東京の私立大学ではなく地元の国立大学のお金のかからないほうへ入学したのだ。

しかし、この結果は綾子にとっては良かったと思っているのだ。果たして東京に行っても華やかな都会暮らしについていけただろうかと、学生時代に思ったこともあった。熊本の大学時代に良い青春を送れたと思うし、友人にも恵まれ、教授にも恵まれ、綾子にはいい思い出しかないのである。だが、清子はそれを申し訳ないことだと思っている。

綾子は茶菓子を菓子盆に入れ、縁側に置いた。

「ねえ、お母さん」

綾子は庭にいる清子に呼びかけた。

「はい」

清子は草を取る手を止めず返事だけをした。

いい天気だった。快晴で、縁側に座りながら外を見ると、家の中に入ってくる陽射しもめっきり春めいて心地よかった。

「何？」

ようやく草むしりが一段落したのか、雑草を取るのを止めて膝などに付いた泥をパンパンとはたきながら、綾子の横に腰を下ろした。

「お茶を入れたのよ。お母さんの好きな抹茶」

「あら、そしたら手を洗わなくちゃね」

外にある水道の蛇口をひねり手を洗うと菓子盆を挟んで綾子の横に座り、桜餅を一口食べ茶器を口へ運んだ。

「おいしい？」

「うん。お抹茶、本当においしいわ」

「お母さん、働いた後だから余計おいしいのよ」

「そうね」

清子は目を細めながら茶器に視線をやりながら、いつものように口元に笑みを浮かべ、おもむろに顔を上げ庭の木瓜の花を見つめながら、

「綾子と、あといつまでこうしていられるのかしらね」

感慨深げに清子は言った。綾子は何も言わなかった。

日曜日の昼下がりの縁側は暖かった。塀の向こう側から近所の子供たちの遊ぶ声がする。誰かが倒れたらしく、大声で泣き始めた。それは隣の子供らしく、しばらくすると椛島さんの奥さんが孫の名前を呼びながらなだめる声がして、泣き声はだんだん小さくなっていった。

「綾子はあまり泣かない子だったわね」

「そう、お姉ちゃんたちと年が離れていたから、あんまり喧嘩にならなかった。子供の頃、私おとなしかったから」

「でも、洋子と智子は年子だったからよく喧嘩していたわね。本当に賑やかな二人だったわ。でも、仲が良いほど喧嘩するっていうからね」

「うん。私がいつも仲裁役だった」

綾子は清子に同意を求めた。

「そしていつの間にか三人で仲良く遊んでいたわね」

「うん。子供の頃、楽しかったな。でも中学二年からはお姉ちゃんたちは皆大学に進学して誰もいなくなって。卒業しても二人共九州に就職はしなかったから、お父さんとお母さんと私と三人になったものね」

「皆良い子に育ってくれて、三人に感謝しているわ。姉妹仲が良くって、家族仲が良くって。これが一番の親孝行かしらね。大きな病気や怪我もなく無事大人になってくれて。お父さんは亡くなったけれど、それはそれで、運命だったんでしょう。三人共個性があって、いい人に巡り合って。綾子ももう、大丈夫だし」

清子はふと、たたきと庭の地面の境に咲いている二つのたんぽぽを見つけた。

「ほら綾子、たんぽぽよ」

綾子は縁側の上から清子の指差すほうを覗き込んだ。

ここ数日の陽気でたんぽぽが咲いていたのである。春の暖かな陽射しを浴び、今を盛りと可憐な黄色い花を空一杯に向けて力強く咲くたんぽぽと、その横に、それより少し茎の長い白い綿の実を付けたたんぽぽとが並んでいた。

「あっちのほうは、風が吹くのを待つだけになっているわね」

「種が遠くに飛んだほうがいいのよね」

「私もあのたんぽぽと一緒よ。自分の子供を遠くに飛ばして、それで役目はおしまい」

「嫌だ、お母さん。それでおしまいだなんて」

綾子は言った。

「そうね。あとは綾子たちを見守ることね。人生の先輩として、お母さんなりのアドバイスをしてあげることかしらね」

清子は快晴の澄んだ空を首を少し傾げながら見上げた。

「いい天気ね」

綾子は頷くと、白い綿のたんぽぽを見つめた。

「お母さん、パン焼けたわよ」

台所の流しの大きな窓から朝の陽射しが入り込み、パンを食べる清子のブローされた髪を包みこんでいた。

「お母さん、今日、何の日だか知っている」

「綾子の二十九回目の誕生日でしょう。知っているわよ」

「とうとう、二十代最後の誕生日がきてしまったわ」

綾子はテーブルに頬杖をつき、清子に嘆いた。

「何言っているの。あと三百六十四日あるでしょう」

「そんなことより、達也ちゃん、今日久し振りに来るんでしょう」

「うん。昨日電話でそう言っていたわ」

「残念ね。私、長崎で高校の同窓会だから、今日は会えないわねえ。でも、泊まっていくんでしょ。私も明日には帰るから」

「泊まるかどうかは分からないわよ。一応そう伝えておくわ。でも、やっと仕事が全部終わったんだって。本当はもう少し早く終わっていたらしいんだけど、引継書とか作っていたら、あれもこれもって、ついでに全部終わらせないと気が済まなくなったらしいわ」

「達也ちゃん、仕事に関しては完璧主義なのかしらねえ。普段はそんなふうに見えないのにね」

「他人に迷惑掛けるの好きじゃないんだって。これで、後を引き継ぐ人もだいぶ楽になるって言っていたわ」

「そう」

「でも、今月になって達也ちゃん、まめに毎日電話してきたわね」

「うん」

綾子は嬉しそうに頷いた。

「達也ちゃん、感心ね。そんなに仕事で忙しいのに、少しでも時間も見つけて電話してくれるなんて」

綾子は少しはにかんだ。清子はそれを見ると微笑んで食事を済ませ、長崎へと出掛けて行った。

綾子は久しぶりに来る達也のために家の掃除を始め、それが済むと昼食の用意を始めた。台所の大きな窓から見える隣の家にある桜の花がもう満開に咲き誇っている。今年も暖冬だったため、三月最後の休日の今日が一番の見頃である。

玄関のほうから懐かしい達也の車のエンジン音が聞こえてきた。その音が止まると同時に、玄関の前の砂利を踏んでこちらに近づいて来る足音。綾子は玄関へ向かった。綾子が戸を開けるのが早いか、達也が開けるのが早いか、まるで自動ドアみたいに玄関の戸が開いた。

「こんにちは」

達也がいつもの清々しい笑顔で、大きな買い物袋を持って綾子の前に立っていた。

「久し振り。一ヶ月振りの再会だね」

久々の再会に綾子の顔はほころんだ。

「さあ、上がって」

「おじゃまします。伯母さん、長崎で同窓会なんだってね」

「そうなの、もうずっと前に葉書で知らせてきていたの。出席で返信の葉書出していたから。明日帰るから泊まってほしいみたいよ」

達也は笑ってそうしようと頷いた。

「嫁入り前の娘さんがいるから心配だね」

二人して思わず笑った。

テーブルの上に買い物袋を置き、遅くなってしまって申し訳ないと言って二重箱を綾子に手渡した。

「さあ、久し振りに我が家での食事会にしましょう。お母さんはいないけど」

綾子はぽんと両手を合わせ、達也との昼食を楽しんだ。

そして、綾子の誕生日だということで二人で博多まで行き、その日の夕食はイタリア料理とワインでお祝いをした。そこを出ると、達也の行きつけだというおしゃれで落ち着いた雰囲気のバーに行き、最終の電車で帰って来た。

「あそこのお店、良かったわ。イタリア料理もおいしかったし」

綾子は少しほろ酔い気分で今日の余韻にひたっていた。

「喜んでもらえて良かったよ」

達也は急いで玄関から出ると車に行き、綾子のいる居間に入ってきた。

「はい」

綾子の目の前に、ピンクや赤や黄色のチューリップと真っ白なかすみ草の大きな大きな花束が現れた。綾子に笑顔が思わずこぼれた。

「以前、春に咲く花が一番好きだって言っていたから」

花束は達也の両腕から綾子の腕の中へと渡された。腕からあふれんばかりのチューリップとかすみ草を愛しそうに見つめ、鼻を近づけて花の香りを楽しんだ。

「ありがとう。とても嬉しいわ」

綾子は微笑んだ。綾子には笑顔がよく似合う。その笑顔が見たくて、達也は早く会いたかったのだ。

綾子は早速家にある一番お気に入りの花瓶を持ってきて、それを形よく活け始めた。しかし、それには全部花が入りきらず、大きい花瓶をもう一つ持ってきてどうにか収まったが、チューリップが三本だけ入りきらず、綾子の部屋にある小さい花瓶に活けることにした。

お気に入りの花瓶は居間の皆が一番目に付く場所に置き、大きい花瓶は玄関の下駄箱の上に置いた。達也は炬燵に入り、その綾子の姿をただ見つめていた。

7

その夜、達也は客間に敷かれた布団に入り、明日は綾子に以前していたプロポーズの返事を聞こうと考えていた。来週からは鹿児島に赴任しなくてはいけないのだ。ただ、どんな答えが返ってきてもいいと覚悟は決めていた。

綾子も二階の自分の部屋で、暗闇の中、ベッドの横の小さい丸テーブルに置かれたチューリップの花を見ていた。部屋の電気を消してだいぶ経つのだが、次第に目が暗闇に慣れて、他のものが見えてくる。東と南に向いている窓のカーテンを通り月光が入る。こういう時のほうが、電気の明るい照明で見ていた時より、よりその本当の形が見えてくる時がある。

綾子はベッドに横たわりながら、春の空気が満ちているのを体中で感じていた。去年も一昨年もその前の年も、この時期にはいつも春の宵を感じていたはずなのに、今年ほどそれをはっきりと意識して感じることはなかったように思えた。綾子の髪にも肌にも、空気や鼻から入り込む酸素にまで春の気配をはっきりと感じるのだ。

寝返りをうった。しかし目は冴えていた。ベッドから起き上がり耳を澄ますと、綾子にははっきりと風が渡っていく音が聞こえた。ベッドから降り、南に向いている窓のカーテンを開けた。

窓ガラスの向こうに広がるのは、田園とそこに点在している家々。その風景の一番奥には、小さい頃から見慣れている清水山とその連なりをなす小さな山々が、夜の闇の中でさえもこの町を見守っているかのように雄大に横たわっている。綾子はその何の変哲もないその風景を、ただ背中をまっすぐに伸ばし見ていた。それから視線を横に移すと、チューリップの香りを嗅ぎ、ベッドに戻り目を閉じて深い眠りに入っていった。

外は快晴だった。綾子は達也と連れ立って清水山へと出掛けた。以前達也が見たいと言っていた清水山の桜を見に行くのだ。

清水山の入口に入り、そのままこの前歩いた道を歩いた。桜が見頃なので、普段は少ない人通りも今日は天気がいいのと休日も手伝って賑わっていた。道路沿いに並んでいる桜の列は、大きく枝を広げて来る人々を歓迎しているようだった。

上り坂が左へカーブして山肌に隠れるまで桜の列は続き、またそこを上り、左へカーブすると、今度はまっすぐに山の中へと誘うようにピンクの桜は続いていく。遥か向こうにも、薄桃色の綿菓子を一杯差し込んだような山々が清水山を囲んでいた。

一歩一歩地面を踏みしめるように緩やかに続く上り坂を上ってゆく。それは無限に続くのではないかと錯覚するほどだった。以前二人で見に来た時の風景とはまるで違っていて、華やいだ気分にしてくれる。

「綺麗だね」

「うん。本当に見事に咲いているわね」

「清水山の桜が見られて嬉しいよ」

青い空に淡いピンクの薄い花びらが幾重にも重なり合い、美しい色になっている。地面に散った花びらさえ綾子には美しかった。

「私、以前は三月の誕生日って嫌いだったの。だって子供の頃はその時ちょうど春休みで、新学期が始まってから友達が『綾子、おめでとう』ってプレゼント持って来てくれるの。いつも一週間くらい、お祝いしてもらうのが遅れるの」

「でも、家族はその日にお祝いしてくれていただろう」

「うん。そうだけど。大人になって仕事をするようになったら年度末で仕事が忙しくって、自分の誕生日さえ忘れていることがあるの。それにお世話になった上司が退職されていったりして、すごく感傷的になる寂しい季節だし」

「確かに、職場の人が退職されていくのは寂しいね」

「でもね、ここ数年、私いい時期に生まれたんだなあって思うようになったの」

綾子は頭上に枝を広げて咲く桜の花を見上げた。

「だって、春ってものすごく生命力に溢れているでしょう。冬の寒々として何もなかった所から、土筆とか、ふきのとうとか、タンポポとか、挙げていったらきりがないくらい、一斉に植物たちが芽吹くでしょう。私ね、そういう気配がすごく好きなの。なんだか春が来たよってエネルギーをもらっているみたいで。この桜もそう、春の締めくくりみたいに盛大に咲くでしょう。お祭りみたいにね」

ずらりと並んだ桜の樹に見守られながら、達也とゆっくり花の中を歩いていく。静かに時が流れていく。以前達也と一緒に歩いた時は、この辺りにある植物や樹々は今のこの時期に美しい花を咲かせるために全身の力をその中に蓄えていた。今それをこの時に一気に放出しているのだ。

花見に来た人々が車を止める、山の中腹にある広い駐車場に出た。いつもは閉じている土産屋も今日は開いていて、瀬高の名産の野菜や漬物などを売っていた。何人かはそこに立ち寄り、手に取っては品定めをしていた。

達也は、今度の赴任先である鹿児島に仕事の引き継ぎで行った時の話や、今度住む宿舎は単身用がなく、家族用しか空いていないのでそこに住むこと、桜島が噴火した時は、火山灰で洗濯物が干せないと聞いたことなどを綾子に話して聞かせた。転勤の経験がない綾子が「大変でしょう?」と聞くと、達也は「今は色んな場所に行って色んな人と出会うのは楽しみだ」と答えた。

駐車場を過ぎると、楠や杉などの高い木々に挟まれた薄暗い車道を登って行った。遥か前方にも高い楠や杉の木立が交互に立ち並び、その中の細い車道を囲っていた。

車道の横を見ても、山の斜面にまっすぐに伸びた樹皮を剥き出しにした樹の足元しか見えなかった。

車道に沿って流れる沢の奥にある五百羅漢、そして羅生門を過ぎ、ここから山の形に添って緩やかに登る車道と急斜面の階段を登ると、清水寺の本堂に出る歩道に分かれる。綾子と達也は歩道を歩き、いよいよ頂上を目指した。ここからは石畳になっており、その道は急な斜面にある石階段に続いていた。

ずっと上まで遥かに続く階段を、達也は綾子の手を握り階段を登った。綾子は階段の中ほどまで来るとだいぶ息が荒くなり、達也に促され、鉄の手すりに寄りかかり少し休んだ。そこは、清水山の中腹まで続いていた花のある風景とはまるで別世界である。高い樹々の隙間からこぼれてくる日の光があるだけで、辺りは一面、古木にも似た樹がまっすぐに生い茂っているだけだった。

石段の数が少なくなり、目の前に清水寺の本堂が現れ始めた。階段の最後の石段を登りきると、今まで固い石段を踏み続けた二人の足の裏には、本堂の砂利を敷いた地面が心地よく感じられるのだった。ジャリジャリと聞こえるその音も心地よかった。そこを右手に行き頂上へと足を運んだ。そこは桜の咲き乱れる場所だった。また少し登り坂を歩き、朱色の三重の塔の前を過ぎた。桜を従えて見上げれば、青い空をバックに君臨するその姿は一番よい瞬間を逃がさずに撮られた大きな大きな写真のようであった。達也も綾子も足を止めその三重の塔をしばらく眺めていた。青い色をした紅葉の小さなトンネルを抜け、下には車道が走る小さな小さな橋を渡り、休憩所の前を抜けると、数メートルで頂上に着いた。

そこは桜の樹で囲まれ、そして見上げれば、同じように桜の花で淡いピンク色になった山々が周りを囲んでいた。花見をする人々で賑わっていた。達也も綾子もその中を通り抜け、二人は静かな場所へと向かった。

「疲れただろう」

「うん。少し疲れたかな」

達也は向こうに見える桜の樹を見ながら、息を整えていた。自分自身を落ち着かせるように、しばらく桜の花を見つめていたが、綾子のほうに向き直った。

「綾ちゃん、あの時の返事、聞かせてもらえないだろうか。鹿児島に一緒についてきてほしい。俺と結婚してほしい」

綾子は少し微笑んで達也の顔をまっすぐに見据えた。そして頬を紅潮させて頷き、

「私、ついていきます。鹿児島に行きます」

小さい声ではあったが、はっきりと答えた。

達也は綾子を見つめ、背中を伸ばし立ちすくんでいる綾子の肩をその大きな両手でしっかりと抱きしめた。達也はただ綾子を抱きしめ、綾子のその頭に頬を置いた。そして顔を上げ、空を仰いだ。綾子もまた、達也の胸に抱きしめられながら、その温もりを感じていた。その二人を囲むように咲いている桜は満開である。どこまでも続く

青い空の下に二人はいた。

二人はもと来た道を並んで帰った。向こうには綾子の家が見えていた。するとやって来たタクシーが門の前で止まり、長崎から帰って来た清子がドアから降り立つのが見えた。お土産を達也の分まで買ってきたのであろう、大きい紙袋とボストンバッグを持っていた。そして清子は二人に気づいた。

綾子が達也の顔を見上げた。

「行っておいで」

優しく言う達也に、綾子は嬉しそうに頷いた。綾子は数歩歩いたが、自然に体が駆け出し、清子のもとへと急いだ。

清子には、娘の幸せに満ちた笑顔で全てが伝わってきた。やっと幸福になる決心をしてくれたのだ。駆け寄る綾子の顔に、春の陽射しが柔らかく降り注いでいる。

「お母さん」

綾子は走りながら、清子の元に着くより先に呼んでいた。清子は目を細めて、口元に微笑みを浮かべている娘を待っていた。

「お母さん、私、達也さんと結婚するわ」

綾子のその瞳は清々しかった。

「そう、おめでとう」

「うん」

「幸せにおなりなさいね」

清子は娘のその決心に心から祝福をし、愛しそうに見つめ、その言葉だけでもう十分だった。そして綾子がこんなにも美しい娘に思えたことはなかった。

達也が遅れて清子の元へやって来た。清子は達也を見て深々と頭を下げた。

「お義母《かあ》さん、僕、一生綾子さんを幸せにします」

達也は真剣な眼差しで清子を見つめた。

「達也さん、綾子のこと、よろしくお願いしますね」

「はい」

達也の勿論と言いたげな歯切れの良い返事が返ってきた。

どこからか鶯の鳴く声が聞こえてきた。

「春告鳥ね」

清子が清水山のほうを見ながら言った。三人で山のほうを見ながら、鶯のその声を聞いた。山の緑は碧く、その中を埋めつくす淡いピンクの桜の花の色は、遠くから見ても美しかった。春の陽射しが三人を包む中、春告鳥がもう一度鳴いた。

「本当に春を告げる鳥なのね」

綾子はその美しい声に聞き入り、空を見上げて言った。

青い空の彼方から澄んだ声で春はもう来ていることを知らせていた。

著者プロフィール
卯月 桜梅（うづき おうばい）
大分県在住
影響を受けた作家：志賀直哉、カミュ

早春譜

2004年9月15日　初版第1刷発行

著　者　卯月 桜梅
発行者　瓜谷 綱延
発行所　株式会社文芸社
〒160-0022　東京都新宿区新宿1－10－1
電話　03-5369-3060（編集）
03-5369-2299（販売）

印刷所　神谷印刷株式会社

ISBN4-8355-7989-5 C0093